ÉPITRE

A

LAMARTINE

Par Alphonse de CHALUZ.

Londres, 20 septembre 1847.

PRIX : 50 CENTIMES.

PARIS.

Se trouve à Paris, chez les principaux libraires,

Et chez M. Scellier Beccaria, avocat, faubourg Montmartre, 29.

ÉPITRE

A

LAMARTINE

Par Alphonse de CHALUZ.

Londres, 20 septembre 1847.

PRIX : 50 CENTIMES.

PARIS.

Se trouve à Paris, chez les principaux libraires,

Et chez M. SCELLIER BECCARIA, avocat, faubourg Montmartre, 29.

1848

Paris.—Imprimerie de Lacour, rue St-Hyacinthe-St-Michel, 33.

ÉPITRE

A

ALPHONSE DE LAMARTINE.

Toi, qui de l'âme humaine as percé le mystère ;
Qui seul as bien compris Fénélon et Voltaire ;
O toi, divin poète, éloquent orateur,
Savant universel, sublime novateur ;
O toi dont le génie, en captivant la France,
Épurera ses lois, ses mœurs, et sa croyance ;
Toi dont les vers brillants, en expliquant le Christ,
Ont prouvé que sur toi Dieu souffla son esprit ;
Tu ne prouves pas moins, en écrivant l'histoire,
Que pour scruter les cœurs, pour juger chaque gloire,
Ou des âmes sonder les replis tortueux,
Dieu te prête aujourd'hui sa justice, et ses yeux !
A toi, d'une hauteur ineffable, inconnue,
Il jette le pouvoir de cette double vue
Dont avec nul mortel, jusqu'à toi, sa bonté
N'a daigné partager l'infaillible clârté !
Écrivain enchanteur, illustre Lamartine,
Ta plume vient du ciel, car ton âme est divine !

Quatre lustres complets, surchargés de quatre ans,
Ont sans cesse aiguisé la longue faulx du Temps,
Depuis que, chaque jour, je te lis, et t'admire
Sans que mon cœur, ma muse aient osé te le dire.
Quand j'allais demander des inspirations
A la brise du soir, sur le sommet des monts
D'où mon œil, à mes pieds, voyait les deux Castilles;
Quand au milieu des fleurs de royales charmilles,
Du Tage je suivais le cours tranquille et pur,
Ou les flots onduleux d'un ciel d'or et d'azur,
Tes méditations, sylphides poétiques,
Charmaient de mes pensers les rêves fantastiques;
De la belle nature, et des parfums des airs
Je mêlais l'harmonie à celle de tes vers;
De l'idéal, alors, parcourant la patrie,
Je répétais ton nom avec idolâtrie;
Des pleurs de volupté magnétisaient mes sens;
Mon âme s'imprégnait des douceurs de tes chants;
Et quand ils en avaient électrisé la fibre,
Forte de ta puissance, elle n'était plus libre:
Tes inspirations en devenaient la loi;
Et, par toi, je pensais avec toi, comme toi!
O souffle créateur, feu divin du génie,
Etincelle magique et de verve et de vie;
Lorsque le luth d'Orphée attendrit les enfers;
D'Amphion quand la pierre écouta les concerts;

Et quand Pygmalion anima Galatée,
C'est toi qui pus des morts charmer l'ombre enchantée;
Au froid marbre, au granit prêter le sentiment,
L'ouïe, et la chaleur avec le mouvement!
Mais pour moi ton nom seul devint cette étincelle,
Lamartine, c'est toi qui d'une ère nouvelle
Ouvris, fis à mes yeux briller le premier jour :
Ton astre est mon soleil, ta lyre, mon amour!

Le vainqueur de l'Égypte, aux jours de ton enfance,
Du faible Directoire affranchissait la France;
Et prenant, dans ses mains les rênes de l'État,
Changeait la République en un Proconsulat.
Ta jeunesse grandit au milieu du délire
De gloire et de grandeur qui grandissait l'Empire.
Un jour que tu lisais les merveilleux récits
Des immortels exploits d'Arcole, et d'Austerlitz;
On vit tes yeux lancer des éclairs de courage :
Tu voulais des héros faire l'apprentissage;
Et ton généreux cœur, fier de tant de hauts faits,
Palpitait de bonheur, d'orgueil d'être Français!
Mais l'humanité pleure où chante la victoire.
Et Dieu te réservait la plus durable gloire,
Après t'avoir pétri de ses puissantes mains,
D'être le saint fanal qui transmit aux humains
Ces rayons bienfaisants d'éternelle lumière

Que progressivement il envoie à la terre.
C'est par dégrés, aussi, qu'en ton vaste cerveau
Il a de sa raison fait luire le flambeau :
Seul, du premier coup d'œil, lui, le sage des sages,
A lu, dans l'avenir, le long tablau des âges;
Mais il t'en déroula ce qu'ont pu voir tes yeux :
Tu sais donc plus que nous; et, surtout, tu sais mieux!

La Révolution défaillante, éperdue,
Sous un char triomphal, gémissait suspendue :
La gloire lui faisait par l'oubli de ses droits
Payer son propre oubli de ses plus justes lois.
Assurer à la France, à l'Italie, au monde,
Tous les fruits d'une paix honorable et profonde;
Après avoir vaincu, rendre à la liberté
L'excédant du pouvoir par ton sceptre emprunté;
Napoléon, tel fut ton plan : oui, je veux croire
Que ton sévère honneur eût couronné ta gloire
Du seul éclat qui pût, dans la postérité,
En asseoir à jamais la légitimité !
Le sort te refusa cette noble couronne,
Mais du trône éternel où tu siéges, pardonne
A ceux qui t'ont laissé, toi le législateur,
Toi le sauveur, l'idole, et le triomphateur,
Courber ton front royal au niveau de la terre,
Et périr, dans les fers, aux mains de l'Angleterre !

La ligue prévalut : frères du roi martyr,
Nos princes exilés vinrent pour rebâtir,
Sur le sol crévassé de l'ancien précipice,
Du vieux trône abattu le nouvel édifice.
D'une charte, pourtant, que seul il fit, le roi
Daigna faire aux Français le volontaire octroi.
Ce fut l'acte de foi, de pardon, d'espérance,
L'acte de répentir, et l'arche d'alliance,
Qu'au peuple il présenta pour rattacher ses droits
A la grâce de Dieu, qui, seul, fait les rois ;
Nouer du droit divin l'irrenouable chaîne ;
Et rentrer, de plein pied, en son triple domaine :
« La couronne, la France et le peuple. » Louis
Osa, sans hésiter, à nos yeux ébahis,
D'un seul chiffre, en datant sa première ordonnance,
Y biffer dix-neuf ans des fastes de la France.
Quels dix-neuf ans, grand Dieu! mais en pays conquis,
Le bon sens et l'honneur des vaincus mal appris,
Leurs droits, leurs lois, leur sol... eh, qu'importe? je règne
Les Cosaques sont là ; qu'est-il donc que je craigne?

Vers ces temps de vertige, ou plutôt de douleur,
Qu'a flétris Béranger d'un vers accusateur ;
Du monde poétique un nouveau météore
Vint traverser le ciel ; et fit, dès son aurore,
Presque oublier Raynouard, Jouy, Soumet, Lancival,

Delavigne, et Méry, Didot, Scribe, et Duval.
Il brillait de l'éclat d'une douce lumière,
Qui ne brûle jamais, et qui toujours éclaire.
Ce globe radieux, Alphonse, c'était toi!
Tu chantas la raison, la vérité, la foi;
Tu peignis de l'amour les pudiques ivresses,
De l'âme les transports, les retours, les faiblesses;
Tu soupiras vers Dieu des cantiques sacrés;
De bibliques accords, par la grâce inspirés:
Tu plaignis le malheur, tu célébras la gloire;
Et tu viens de saisir le sceptre de l'histoire.
Il succède à ton luth qui, trop longtemps muet,
Ne murmure plus même un paternel regret.
Alphonse, comme toi, ma fille aussi je pleure!
Aux célestes parvis devenus sa demeure,
Je chéris, comme toi, le consolant espoir
Qu'il me sera permis un jour de la revoir.

Mais la douleur s'endort au bruit dont chaque page
Emeut l'âme, en lisant ton immortel ouvrage.
Lacretelle, Anquetil, Michaud, Châteaubriand,
Et Thiers, et Michelet; après vous un géant
Vient vous rapetisser par sa haute stature:
Vous racontez les faits; seul, il peint la nature.
Vous n'êtes pas des nains; mais il est colossal:
On vous lit, on le sent; et du bien et du mal

Son burin grave au cœur l'empreinte palpitante :
Il nous mêle aux combats d'une arêne vivante ;
On y sent son cœur battre ou de crainte ou d'espoir ;
Ce que vous décrivez son pinceau le fait voir.
O de la liberté triomphant interprète,
Alphonse, elle attendait ta sublime palette
Depuis un demi-siècle ; et t'avait, dans son cœur,
Choisi pour premier peintre et, premier défenseur !
Dans ce drame, du monde école et prophétie.
On suit en frémissant chaque péripétie
Dans tes tableaux semés d'orageuses lueurs,
Et dont nul peintre encor n'égala les couleurs ;
On distingue, on entend de chaque personnage
Le geste et la parole ; on voit venir l'orage ;
On l'entend : on se sent le cœur brûlant, glacé ;
On ne lit pas l'histoire, on vit dans le passé !

Mais dans notre congrès tu vins briller toi-même !
Bien avant que ton livre, Alphonse, au rang suprême
T'eût porté, d'un seul jet, parmi nos chroniqueurs,
Tu te l'étais conquis sur tous nos orateurs !
D'improvisation ta brillante éloquence
Fixe, depuis longtemps, les regards de la France
Sur ce libre penseur dont la puissante voix,
Planant sur la tribune, y rassemble à la fois
Cicéron, La Rosa, Vergniaud, Peel, et Barnave.

Ta parole, en torrents, brule comme la lave;
Ou, logique et concise, elle est un fer glacé
Qui tombe, et par lequel tout se trouve effacé
Elle orne la raison des notes d'un délire
Tel qu'on croit que ta langue a fait vibrer ta lyre.
Ta parole subjugue, elle entraîne, et ravit;
Mais décide, et fait loi, tandis qu'elle séduit.
Tu n'es pas un rhéteur, tu ne fais pas ton style;
Tu parles les discours de Salluste, et d'Eschyle.
Calme, vif, ou fougueux, l'air de la liberté
Te souffle le mot fort, le mot de vérité.
On ne sait que répondre, on se regarde, on rêve
Honteux d'avoir osé s'attaquer à ce glaive
Dont tu prévois les coups, et calcules le feu;
Dont le poids est de plomb; dont l'eclat est de feu.
Aussi quand d'une voix la stridence domine
Un vaste et long silence; on dit: « c'est Lamartine,
C'est le fier bourguignon qui parle approchons-nous. »
Ce n'est plus Mirabeau, des peuples à genoux
Qui viendra relever la servile attitude;
Non; un règne est venu dont la constante étude
Est de ressusciter les abus et les maux
Qui couvrirent un jour la France d'échafauds;
Et Lamartine seul saura, par son génie
Servant nos libertés; étouffer l'incendie;
De leur rétrogradisme effrayer tous les rois;

Et leur prouver qu'enfin il leur faut faire un choix
Entre tomber d'un trône où règne l'arbitraire
Et conserver celui qui devient mandataire
D'un peuple souverain dont, magistrats heureux,
Ils doivent modérer, symboliser les vœux.

Ainsi que dans ton livre, Alphonse, à la tribune
Tu n'eus jamais qu'un but; et ta tendance est une!
Tu veux, de tes travaux pour noble et digne prix,
Eclairer et guider la marche des esprits;
Préciser des deux camps les dogmes, les idées;
Dans l'un, faire tomber de figures ridées
Leurs masques imposteurs, peu faits pour rajeunir
Des fronts parcheminés que l'âge a fait jaunir;
Profanes ou sacrés, mettre à nu les mensonges;
Punir par le réveil les dormeurs dont les songes
Leur laissent espérer pouvoir, longtemps encor,
Gouverner sans le peuple, en lui prenant son or;
Pour payer des suppôts qui toute honte abdiquent,
De ses droits reconnus, de son honneur trafiquent,
Et pour recevoir d'eux, et des agioteurs
Des bons de despotisme, au gré des corrupteurs!
Dans l'autre camp, tu veux à sa forte jeunesse,
Mieux que ne fit Charron, enseigner la sagesse;
Et de l'Esprit des lois ressuscitant l'auteur,
De celles qu'il fit naître expliquer la grandeur:

Tu veux analyser pour la France, a terre
Tout droit, tout corps moral d'où jaillit la lumière ;
Puis à l'intelligence, à l'humaine raison,
Plus hardi que Socrate, Epicure, et Caton,
Tu veux marquer leur tâche ; et, des temps où nous somm
Jusqu'au jour de colère où finiront les hommes,
Leur dire : — Ainsi qu'aux flots Dieu d'ordonner prit soin
« Vous irez jusque-là ; vous n'irez pas plus loin ! »
Sur la religion, sur la littérature
A la philosophie assigne une censure :
Qu'aux lois, aux mœurs sa voix avec autorité
Dise : « Ici parle Dieu ; là, c'est l'humanité ! »
Qu'elle puisse, surtout, en souveraine arbitre,
Juger des droits humains la nature et le titre !

Lamartine, tes chants, tes discours, tes écrits,
Aux deux camps en présence ont, à cette heure, appris,
A l'un, que sa démence est vaine et sacrilége ;
A l'autre, que le ciel l'inspire et le protège.
Toi qu'il inspire aussi, grand cœur, grand citoyen,
Réjouis-toi ; déjà, ta voix du monde ancien
A séparé celui dont tu vis la naissance ;
Dont ses langes de sang ont prolongé l'enfance ;
Dont la gloire arrêta l'essor impétueux
Qui plus que la victoire eût été glorieux ;
Dont la corruption, en dépit de la France,

Souille, hélas, aujourd'hui, flétrit l'adolescence;
Mais qui des corrupteurs bientôt triomphera, —
Et toujours plus fort qu'eux, désormais grandira.
De ce monde impalpable, indissoluble sphère,
Dont l'élément vital. dont l'air et la lumière,
La vapeur, ton génie, et l'électricité
Porteront la chaleur, la force, et la clarté
A l'Afrique, à la Chine, à tous les coins du monde
Afin que l'action bienfaisante et féconde
De leur triple pouvoir, sans troubles ni terreur,
Partout retrempe l'homme, et l'élève au bonheur.

C'est ainsi que ta voix, illustre Lamartine,
Marque, pour expliquer la volonté divine,
Jusqu'où va la vertu, jusqu'où va le danger;
Et l'immortel bienfait près du mal passager.
Régénéré, le monde épris de tes ouvrages,
Les apprendra par cœur jusqu'à la fin des âges;
Il y verra le droit, la raison, et la loi;
Il en fera son code, et sa bible, et sa foi!
Jaloux de t'admirer, un jour, dans le théâtre
Que remplit constamment un public idolâtre
Chaque fois que l'appât de ton moindre discours,
D'une foule d'élite appelle le concours;
Entre ces flots serrés dans un étroit espace,
Dans le palais Bourbon je pénètre et prends place.

Ton nom de bouche en bouche, en ce nombreux congrès
Avait longtemps volé, quand enfin tu parais!
De ton sonore organe, alors un mot s'élance;
Avec ce premier mot tombe un profond silence.
Ainsi que sur des rails, traîné par la vapeur,
Un char, par soubresauts, d'abord avec lenteur,
Commence à parcourir sa rapide carrière;
Puis, lorsque du moteur la fuite régulière
A fixé le degré de sa célérité,
Dans ses brûlants sillons vole avec majesté,
Faisant jaillir au loin deux lignes d'étincelles :
Ou, comme un aigle, aussi, dès qu'il ouvre ses ailes,
Fend l'air, puis de son vol la régularité
Donne ensuite à sa course une uniformité
Qu'elle ne peut avoir lorsque, laissant la terre,
L'oiseau du roi des cieux s'élance de son aire;
Tel d'abord pas à pas, le célèbre orateur,
En entrant sur sa route, y marche avec lenteur;
Puis, tout-à-coup, son œil jusqu'au bout la mesure;
Et c'est alors que l'aigle étend son envergure.
Quelle grâce, quel ton, quelle fluidité,
Quel langage, quel rhythme et quelle dignité!
Dans ses moindres accents ce fils de Polymnie
De son style enchanteur jette la poésie.
On le voit, tour à tour, doux, souple, insinuant,
Ou léger et facile, ou Jupiter-Tonnant.

Mais la distinction de ses nobles manières,
Du feu divin l'éclat, les lueurs passagères
Ne l'abandonnent pas, quel que soit son sujet;
Et paraissent encor, quand il reste muet,
Se refléter sur lui comme une eau bouillonnante,
Longtemps sur un brasier, dans un vase fumante,
Conserve encore au vase une douce tiédeur,
Et fume en exhalant un reste de chaleur.
Oh! oui, comme orateur brillant, docte et fluide,
Ta place dans la Chambre à toujours sera vuide
Quand tu disparaîtras, Alphonse, de ses bancs:
Pour servir la patrie assieds-t'y donc longtemps!

« On a dit que tantôt chrétien, tantôt déiste;
« Parfois conservateur, parfois légitimiste,
« Tu changeais de couleur, de vœux, de sentiment,
« Ainsi qu'en ses dessins, varie à tout moment,
« Un kaléidoscope: on dit qu'aristocrate
« De naissance et de cœur, tu t'es fait démocrate;
« Et que ce n'est qu'un jeu de ton ambition,
« Pour fonder ta grandeur dans une faction. »
Disparaissez erreurs d'ignorance grossière!
Qui peut parler du jour s'il n'a vu la lumière?
Quel est le roi Midas qui, loin de l'Hélicon,
Y voudrait obscurcir les clartés d'Apollon?
Qu'a l'immortalité d'avantageux, d'aimable?

Excepté Dieu qui reste et peut être immuable?
Dans les flots, les poissons changent-ils d'océans?
Dans les airs, les oiseaux passent-ils, tous les ans
Du nord au sud, de l'est au couchant, par centaines
Pour y changer de grains, de climats et de plaines?
Voit-on le papillon ne toucher qu'une fleur;
Et, non moins fixe qu'elle, en respirer l'odeur?
Ne voit-on pas toujours l'industrieuse abeille,
De Flore pour Pomone échangeant la corbeille,
Passer des fruits aux fleurs, voler des fleurs aux fruits,
Pour former de leurs sucs celui d'un miel exquis?
Faut-il donc s'étonner qu'un poète lyrique,
Dont le style et le goût ont l'élégance attique;
Dont le sain jugement et la sagacité
Pèsent tout, pour chercher partout la vérité,
Ait passé, pour tout voir, de l'Europe à l'Asie;
Des glaces du Caucase au ciel d'Andalousie;
Des murs de Parthénope aux palais de Milan;
Des rives du Jourdain aux sommets du Liban;
Ait visité la Grèce et la ville éternelle,
Cherchant dans leurs tombeaux encor quelque étincelle
De vie; et que du Gange au vert Guadalquivir,
Il ne puisse jamais et nulle part languir?
Au grand poète, orgueil de l'Europe savante,
Qui chante comme il parle et parle comme il chante;
Qui des peuples partout étudia les mœurs,

Les besoins et les maux ; partout de leurs douleurs
Sut écouter la plainte, et rechercha la cause,
La forme, la couleur, le fond de chaque chose ;
A cet aigle qui plane, à son sublime essor,
Qu'importent de Pékin, d'Ispahan, de Lahor,
Qu'importent de Paris, d'Augsbourg, Rome et Byzance
Les dogmes, les erreurs, les cultes, la croyance ?
Qu'importe aussi qu'il soit juif, déiste ou chrétien,
S'il croit au Dieu vivant, s'il est homme de bien ?
Eh quoi ! s'il a paru d'abord légitimiste,
Républicain après et puis socialiste ;
Ne comprendra-t-on pas qu'en lui l'opinion
D'en haut prenne ou reçoive une direction ?
Ne comprendra-t-on pas que le feu qui l'embrase
Ait fait de son génie un pur et noble vase,
Un creuset où tout droit, soit terrestre ou divin,
Peut défier le temps, braver tout choc humain ;
Où tout s'immortalise, où tout se purifie,
Et prend un corps, une âme, une forme, une vie ?
Des systèmes, des lois, des constitutions,
Il a déduit des faits, des observations,
Pour en former lui-même un faisceau vénérable
Qui soit du vrai, du juste, un code inattaquable ;
Un code de bonheur, de paix, d'ordre en tout lieu,
Par le ciel inspiré, durable comme Dieu !

Te peindrais-je ce jour où, malgré la tempête,
D'un immortel laurier Mâcon ceignit ta tête;
Ce jour où tout un peuple, enivré de bonheur,
Te nommait son ami, son guide, son sauveur;
Où huit mille Français, qu'électrisait ta vue,
En se pressant vers toi, t'érigeaient la statue
La plus belle dont l'homme à l'homme ait fait honneur:
De leur reconnaissance, encens sorti du cœur,
L'expression vivante et l'hommage unanime?
Oh! que n'ai-je pu voir ce spectacle sublime
Où tant d'admirateurs du sage historien,
Du poète, de l'homme et du grand citoyen,
Pour te proclamer tel, sous une immense tente,
Bravaient l'autan, la foudre et l'eau de la tourmente;
De la soif de te voir, de t'entendre altérés,
Prenaient du toit croûlant les lambeaux déchirés
Pour s'en faire un abri; répondaient à l'orage
Par des chants d'allégresse et l'hymne du courage;
Devant les éléments qui luttaient dans les airs
Impassibles, disaient au ciel que ses éclairs
A leurs yeux brillaient moins que ceux de ton génie
Dont la voix est pour eux la voix de la patrie!
Jour d'immortelle date et d'éclat sans pareil,
Jour qui ne put finir quand finit le soleil,
Tu n'encourageas point un triomphe éphémère,
Mais celui d'une foi qui pense, épure, éclaire;

Celui de la raison qui nous régénéra ;
Dont le flambeau divin un jour établira
Deux puissances partout à régner décidées :
« La royauté du peuple et celle des idées ! »
Ces acclamations, ce spectacle imposant,
Etait-ce pour un prince ou pour un conquérant ?
Non, c'était pour un livre et son auteur : quel temple
A présenté jamais plus salutaire exemple ?
Mais ce modeste auteur, son livre sans égal
Sont en France et seront pour le monde un signal,
Dès qu'à l'obscurité préférant la lumière,
Le monde n'aura plus qu'une seule bannière
Qui révèle à chacun le mot de liberté.
Alors ton nom symbole, à l'envi répété,
Des révolutions dégageant l'inconnue,
Comme un bienfait le cœur ira frapper la nue !

De ce jour glorieux, l'un de tes plus beaux jours,
Lorsque nos descendants reliront le discours,
Ils y reconnaîtront, immortel Lamartine,
Le code qu'a dicté la sagesse divine,
Et, comme un saint dépôt, pour le mieux conserver,
Sur le bronze et le marbre ils le sauront graver.
Son esprit, des abus brisant l'ignoble chaîne,
N'en laissera le poids charger l'espèce humaine
Que comme un vieux remords de pesant souvenir ;

Il aura, précurseur d'un meilleur avenir,
Germé dans tous les cœurs et dans toutes les têtes;
Et de l'intelligence assuré les conquêtes.
Oui, nos derniers neveux, tout fiers d'éterniser
Ce qu'un moment t'a vu sans peine improviser,
Voudront le reproduire en traits ineffaçables,
Et de leur loi nouvelle ils en feront les tables !

Moi qui, de tes travaux, sincère admirateur,
Au banquet de Mâcon, en pensée et de cœur,
Pris place, fier pour toi de cet enthousiasme
Qui condamnait si haut un coupable marasme;
Moi qui m'associai à ton ovation,
Et répandis des pleurs de douce émotion
Que j'unis aux transports de la reconnaissance
Que venait t'exprimer, en foule, un peuple immense,
Alors que de ses noms il couvrait, par milliers,
Ces pages, de ton front les plus nobles lauriers ;
Moi qui de cette liste ai fait une couronne
Que ta vertu conquit, que notre amour te donne;
J'ose, ici, te prier de m'accorder l'honneur
D'y voir mon humble nom inscrit : cette faveur,
Qui viendrait me mêler au glorieux cortége
De tes nombreux amis, serait un privilége
Auquel je n'ai qu'un titre, hélas bien imparfait :
Faveur non méritée, Alphonse, est un bienfait!

Après le député, l'écrivain, le poète,
Qu'est-il à peindre en toi? Ton vaste esprit, ta tête
Forment-ils tout ton être? inépuisable auteur ;
N'es-tu pas, avant tout, un homme, un noble cœur?
Est-il donc en ta vie un jour qui ne révèle
Des pères, des époux, des amis le modèle?
Digne frère du Christ, ta large charité
N'embrasse-t-elle pas toute l'humanité?
Qui fit du bien public sa thèse et son idole ;
Lui voua son talent, l'appui de sa parole?
Qui sait, par des bienfaits, chez lui, partout, toujours,
De sa vie embellir, sanctifier le cours?

Toi dont les bons instincts du plus saint des adages,
Soit dans ta solitude, ou dans tes longs voyages,
T'ont fait suivre si bien le généreux conseil ;
Après ce val de pleurs, quel splendide réveil
Tu feras près du Dieu que ta croyance adore !
Il te destine, un jour, à triompher encore
Au milieu des élus : mais, un siècle, ici-bas,
Qu'il te conserve encor, soutenu par son bras !

Londres, 20 novembre 1847.

LA FÉVRIÈRE

HYMNE

AUX PARISIENS.

7 mars 1848.

1.

Vous qui mourez pour la défense
De notre honneur et de vos droits,
Vous êtes les vrais fils de France;
Otez ce titre aux fils des rois!
Fils de Paris! la France votre mère
Avec orgueil bénit votre intrépidité;
L'Europe s'en émeut: Albion la première
Vous approuve; et tout entière
Vous jure fraternité.

2.

Voyez Dupont à l'Amérique,
Avec transport serrant la main;
Rush offrant à la République
Celle du peuple américain!
Il vient payer de sa reconnaissance

La dette noble et sainte, ô généreux élans !
D'un peuple déjà mûr si près de sa naissance,
Trouvez partout pour la France
De sympathiques accents !

3.

Le tyran avec cent mille hommes
Dormait tranquille en ses palais :
Il semblait dire : ici, nous sommes
Les maîtres : je règne à jamais !
Il oubliait que son vil despotisme
Ne pût qu'en nous trompant chez nous trouver accès ;
Et que, las comme nous de ruses, d'égoïsme,
Pleins de vrai patriotisme,
Ses soldats étaient Français.

4.

Dis, qu'as-tu fait de ton armée,
De ton pouvoir de souverain ?
Pouvoir et palais en fumée
Te quittent, faux roi citoyen !
Où sont, pour toi, trône, trésors, patrie,
Rêves dorés, grandeurs, pompes, plans et châteaux ;
Et dix-huit ans de honte ; et de ta dynastie
Le règne espoir de la vie ?
Là... sous ces trois cents tombeaux !

5.

Le peuple a repris sa couronne !
Indigné, mais majestueux,
Il pouvait punir, il pardonne ;
Fort et grand, il est généreux.
Fils de Paris, la France et la victoire
Vous proclament trois fois un peuple de héros ;
Tout citoyen français heureux de votre gloire
Se sent grandi dans l'histoire
Par vos immortels travaux.

6.

Frères, vive la République !
Pour elle vivons désormais ;
Adoptons pour devise unique :
Dieu, liberté, France et Français !
Dans le poudreux, le long oubli des âges,
Comme abus réformés, laissons pourrir les rois
Nous avons triomphé de tous les esclavages ;
Pour chefs nous avons des sages,
Et pour potentats, des lois !

Alp. de CHALUZ.

PARIS.

Imprimerie de Lacour, rue St.-Hyacinthe-St.-Michel, 33.

www.ingramcontent.com/pod-product-compliance
Ingram Content Group UK Ltd.
Pitfield, Milton Keynes, MK11 3LW, UK
UKHW022149260726
13993UKWH00005B/2258

9 782329 15949